Die ausgewählten Texte sind nach der Weimarer Ausgabe »Goethes Werke« zitiert. Diese 1887 begonnene Edition bewahrt die Schreibweise Goethes in ihrer ganzen Originalität. Eine große Anzahl von Goethe-Zeichnungen sind erhalten geblieben, darunter viele Mondzeichnungen. Hiervon zeigt dieses Buch eine kleine Auswahl.

Die Deutsche Bibliothek – CIP – Einheitsaufnahme
Goethe, Johann Wolfgang von:
An den Mond
Johann Wolfgang von Goethe. – München: Petersen, 1998
ISBN 3-926689-05-6

Clemensstraße 28 D-80803 München

Herausgegeben von Elisabeth Petersen
Text- und Bildauswahl:
Paul Heyse und Elisabeth Petersen

Umschlagmotiv: Johann Wolfgang von Goethe
»Aufgehender Mond am Fluß« 1777
mit freundlicher Genehmigung
der Stiftung Weimarer Klassik

Buchkonzeption und Gestaltung: Elisabeth Petersen
Lektorat: Eva Bachmann

Reproduktion: Oestreicher + Wagner, München
Druck: Walter Biering, München
Bindung: R. Oldenbourg, Kirchheim/Heimstetten
Gedruckt auf Gardapat, holzfrei, chlorfrei gebleicht
Printed in Germany

ISBN 3-926689-05-6

Johann Wolfgang von Goethe

An den Mond

Verlag Elisabeth Petersen

Vorwort

Der Wechsel zwischen Tag und Nacht, zwischen Sonnenlicht und dem geheimnisvollen Schein des Mondes, geht einher mit dem Wechsel zwischen Wachen und Ruhen, zwischen äußerem Streben und innerer Einkehr. Es ist wie ein großes Anspannen und Entspannen, wie das Einatmen und Ausatmen, es ist der Rhythmus des Lebendigen, dem wir alle unterliegen.

Johann Wolfgang von Goethe war ein besessen tätiger Mensch. Die Anzahl und Vielfalt der Gegenstände, die er berührt hat, sind für uns nahezu unvorstellbar. Dieses rastlose Streben mußte ein Innehalten, ein Ausatmen finden. So liebte er den Einbruch der Dämmerung, wenn der Mond die profanen Dinge des Tages langsam wie von Zauberhand in wundersame, lebendige Wesen verwandelte, die Bäume in seinem Weimarer Garten »voll blinkenden Dufts im Mondschein« standen und die Nacht »sternhell glänzend« auf ihn herabsank. Goethe schlief oft unter freiem Himmel, ritt und wanderte im Mondlicht oder badete im nachtdunklen Wasser der Ilm.

Der junge Goethe, der im Jahre 1774 wie ein Ertrinkender in kürzester Zeit »Die Leiden des jungen Werther«, einen leidenschaftlichen, aufwühlenden Briefroman, geschrieben hatte, war von »irren, wilden« Gefühlen getrieben, die seinen weiteren Werdegang als Dichter und Künstler bedrohten. Als er Anfang November 1775 von Frankfurt nach Weimar zog, lernte er die Hofdame Charlotte von Stein kennen. Zwischen beiden entwickelte sich eine tiefe geistige und seelische Verbundenheit, die es Goethe erlaubte, sein Herz zu öffnen. Charlotte von Stein verstand es, die ungestümen, explodierenden Gefühle des jungen Dichters zu mäßigen und wurde damit zu dem wohl wichtigsten Menschen Goethes im ersten Weimarer Jahrzehnt.

War Goethes Mond vor der Weimarer Zeit noch der fern am Himmel stehende und am Schicksal des Menschengeschlechts desinteressierte »Führer der Gestirne«, so trat er nun in eine intime Beziehung zur Erde und ihren Geschöpfen. Das unnahbare kalte Mondlicht wich einem nahezu menschlichen Mondesblick, der lindernd und mild »wie der Liebsten Auge« sich über das Geschick des Menschen breitet. Dieser Mond wird jetzt in Goethes Liebesgedichten die zentrale Metapher für Charlotte: Des Mondes seelenlösende Wirkung steht für ihren besänftigenden Einfluß. Doch trotz aller seelischen Nähe bleibt der Mond wie eine Gefährtin, die Goethe zwar anbeten, aber nicht in die Arme schließen kann, und wird so abermals zu einem Bildnis der Geliebten: Charlotte bleibt für Goethe die Hohe Dame, die Minne, der er mit sehnsuchtsvollen Gesängen huldigt, ohne von ihr die Erhörung seiner Liebe zu erwarten. Denn nur die unerfüllte Sehnsucht ist die Stimulanz seiner schöpferischen Kraft. Würde sie erfüllt, fiele der Mond auf die Erde herab.

Der kreative Spannungszustand dieser Sehnsucht mußte sich im Laufe der Zeit erschöpfen und dem Wunsch nach Veränderung weichen. Ohne sich von seinem Weimarer Freundeskreis zu verabschieden, reist Goethe nach Italien. Aus Rom schreibt er seinem Freund, Herzog Carl August: »Die Begierde dieses Land zu sehen war überreif.« Befreit geht er seiner wachsenden Leidenschaft, dem Landschaftszeichnen, nach. Seine Art, die Natur zu sehen und zu empfinden, kehrt sich geradezu um: Aus der romantischen Hingabe wird distanziertes Betrachten. Jetzt ist es nicht mehr das ungewisse, mystische Licht des Mondes, sondern der volle Mondenschein, der die Wirklichkeit verwandelt, wenn »alles Einzelne von den großen Massen des Lichts und der Schatten verschlungen wird«, jetzt erscheint ihm der Mond »wie eine zweite Sonne«, der ihm »heller als nordischer Tag« leuchtet.

In Goethes Alterslyrik gewinnt der Mond abermals und doch in anderem Sinne symbolische Bedeutung. Gemeinsam mit Marianne von Willemer verfaßt Goethe den »West-östlichen Divan«. Damit das Werk gut gelinge, suchen sie die Kraft des Mondes und versprechen, bei Vollmond einander zu gedenken und sich in ihm zu begrüßen.

Und so wird das Liebespaar dieser Dichtung, Hatem und Suleika, einander Sonne und Mond:

»Du nennst mich, Liebchen, deine Sonne;
Komm, süßer Mond, umklammre mich!«

Gegen Ende seines Lebens, als die meisten seiner Freunde gestorben waren, zieht sich Goethe vom Trubel der Weimarer Gesellschaft in sein geliebtes Gartenhaus an den Ilmwiesen in Weimar und nach Schloß Dornburg zurück. Die Last des Alters wird ihm mehr und mehr zur »schwarzvertieften Finsternis«. Doch im Schmerz dieser Verlassenheit gibt ihm der immer wieder aufgehende Vollmond die Gewähr, daß Liebe und Unsterblichkeit gewiß sind.

München im August 1998
Paul Heyse

Wenn du im Tanze dich regst,
So regen sich alle Gestirne
Mit dir und um dich umher.

Aus »Gegenwart«

Die Nacht

Gern verlass' ich diese Hütte,
Meiner Schönen Aufenthalt,
Und durchstreich mit leisem Tritte
Diesen ausgestorbnen Wald.
Luna bricht die Nacht der Eichen,
Zephirs melden ihren Lauf,
Und die Birken streun mit Neigen
Ihr den süßten Weihrauch auf.

Schauer, der das Herze fühlen,
Der die Seele schmelzen macht,
Wandelt im Gebüsch im Kühlen.
Welche schöne, süße Nacht!
Freude! Wollust! Kaum zu fassen!
Und doch wollt' ich, Himmel, dir
Tausend deiner Nächte lassen,
Gäb' mein Mädchen eine mir.

Turm im Mondschein

Aus »Die Leiden des jungen Werther«

Am 30. August.

Unglücklicher! Bist du nicht ein Thor? betriegst du dich nicht selbst? Was soll diese tobende endlose Leidenschaft? Ich habe kein Gebet mehr als an sie; meiner Einbildungskraft erscheint keine andere Gestalt als die ihrige, und alles in der Welt um mich her sehe ich nur im Verhältnisse mit ihr. Und das macht mir denn so manche glückliche Stunde – bis ich mich wieder von ihr losreißen muß! Ach Wilhelm! wozu mich mein Herz oft drängt! – Wenn ich bei ihr gesessen bin, zwei, drei Stunden, und mich an ihrer Gestalt, an ihrem Betragen, an dem himmlischen Ausdruck ihrer Worte geweidet habe, und nun nach und nach alle meine Sinne aufgespannt werden, mir es düster vor den Augen wird, ich kaum noch höre, und es mich an die Gurgel faßt wie ein Meuchelmörder, dann mein Herz in wilden Schlägen den bedrängten Sinnen Luft zu machen sucht, und ihre Verwirrung nur vermehrt – Wilhelm, ich weiß oft nicht, ob ich auf der Welt bin! Und, – wenn nicht manchmal die Wehmuth das Übergewicht nimmt, und Lotte mir den elenden Trost erlaubt, auf ihrer Hand meine Beklemmung auszuweinen, – so muß ich fort, muß hinaus! und schweife dann weit im Feld umher; einen jähen Berg zu klettern ist dann meine Freude, durch einen unwegsamen Wald einen Pfad durchzuarbeiten, durch die Hecken, die mich verletzen, durch die Dornen, die mich zerreißen! Da wird mir's etwas besser! Etwas! Und wenn ich vor Müdigkeit und Durst manchmal unterwegs liegen bleibe, manchmal in der tiefen Nacht, wenn der hohe Vollmond über mir steht, im einsamen Walde, auf einen krummgewachsenen Baum mich setze, um meinen verwundeten Sohlen nur einige Linderung zu verschaffen …

Am 10. September.

Das war eine Nacht! Wilhelm! nun überstehe ich alles. Ich werde sie nicht wieder sehn! O daß ich nicht an deinen Hals fliegen, dir mit tausend Thränen und Entzückungen ausdrücken kann, mein Bester, die Empfindungen, die mein Herz bestürmen. Hier sitze ich und schnappe nach Luft, suche mich zu beruhigen, erwarte den Morgen, und mit Sonnenaufgang sind die Pferde bestellt. …

Ich hatte mich etwa eine halbe Stunde in den schmachtenden süßen Gedanken des Abscheidens, des Wiedersehens geweidet, als ich sie die Terrasse herauf steigen hörte. Ich lief ihnen entgegen, mit einem Schauer faßte ich ihre Hand und küßte sie. Wir waren eben herauf getreten, als der Mond hinter dem buschigen Hügel aufging; wir redeten mancherlei und kamen unvermerkt dem düstern Kabinette näher. Lotte trat hinein und setzte sich, Albert neben sie, ich auch; doch meine Unruhe ließ mich nicht lange sitzen; ich stand auf, trat vor sie, ging auf und ab, setzte mich wieder: es war ein ängstlicher Zustand. Sie machte uns aufmerksam auf die schöne Wirkung des Mondenlichtes, das am Ende der Buchenwände die ganze Terrasse vor uns erleuchtete: ein herrlicher Anblick, der um so viel frappanter war, weil uns rings eine tiefe Dämmerung einschloß. Wir waren still, und sie fing nach einer Weile an: Niemals gehe ich im Mondenlichte spazieren, niemals, daß mir nicht der Gedanke an meine Verstorbenen begegnete, daß nicht das Gefühl von Tod, von Zukunft über mich käme. Wir werden sein! fuhr sie mit der Stimme des herrlichsten Gefühls fort; aber, Werther, sollen wir uns wieder finden? wieder erkennen? was ahnen Sie? was sagen Sie?

Lotte, sagte ich, indem ich ihr die Hand reichte, und mir die Augen voll Thränen wurden, wir werden uns wieder sehn!

An Auguste Gräfin zu Stolberg

Frankfurt und Offenbach,
14. – 19. September 1775.

Ja lieb Gustgen gleich fang ich an d. 14. Sept. im Moment da ich Ihren Brief endige, sehen Sie wie hoch und klein, wie viel ich zu schreiben dencke. Heut bin ich ruhig, da liegt zwar meist eine Schlang im Grase. Hören Sie, ich hab immer eine Ahndung, Sie werden mich retten, aus tiefer Noth, kanns auch kein Weiblich Geschöpf als Sie. Dancke zuerst für Ihre lebendige Beschreibung alles was Sie umgiebt, hätt ich nur iezt noch einen Schattenriss von Ihrer ganzen Figur! Könnt ich kommen. Neulich reisst ich zu Ihnen! Durchzog in trauriger Gestalt Deutschland, sah mich weder rechts noch lincks um, nach Coppenhagen, und kam und trat in Ihr Zimmer, und fiel mit Trähnen zu Ihren Füssen, und rief Gustgen bist dus! – Es war eine seelige Stunde, da mir das lebendig im Kopf und Herzen war. Was Sie von Lili sagen ist ganz wahr. Unglücklicher Weise macht der Abstand von mir das Band nur fester das mich an sie zaubert. Ich kann ich darf Ihnen nicht alles sagen. Es geht mir zu nah ich mag keine Erinnerungen. Engel! Ihr Brief hat mir wieder in die Ohren geklungen wie die Trompete dem eingeschlafnen Krieger. Wolte Gott Ihre Augen würden mir Ubalds Schild, und liessen mich tief mein unwürdiges Elend erkennen, und – Ja Gustgen wir wollen das lassen – über des Menschen Herz lässt sich nichts sagen, als mit dem Feuerblick des Moments. Nun soll ich zu Tische. …

Offenbach. Sonntag d. 17ten

Nachts zehen. – Ist der Tag leidlich und stumpf herumgegangen, da ich aufstund war mirs gut, ich machte eine Scene an meinem Faust. Vergängelte ein paar Stunden. Verliebelte ein paar mit einem Mädgen davon dir die Brüder erzählen mögen, das ein seltsames Geschöpf ist. Ass in einer Gesellschafft ein Duzzend guter Jungens, so grad wie sie Gott erschaffen hat. Fuhr auf dem Wasser selbst auf und nieder, ich hab die Grille selbst fahren zu lernen. Spielte ein Paar Stunden Pharao und veträumte ein Paar mit guten Menschen. Und nun sizz ich dir gute Nacht zu sagen. Mir wars in all dem wie einer Ratte die Gift gefressen hat, sie läuft in alle Löcher, schlürpft alle Feuchtigkeit, verschlingt alles Essbaare das ihr in Weeg kommt und ihr innerstes glüht von unauslöschlich verderblichem Feuer. Heut vor acht Tagen war Lili hier. Und in dieser Stunde war ich in der grausamst feyerlichst süsesten Lage meines ganzen Lebens [:mögt ich sagen:] O Gustgen warum kann ich nichts davon sagen! Warum! Wie ich durch die glühendsten Trähnen der Liebe, Mond und Welt schaute und mich alles seelenvoll umgab. Und in der Ferne die Waldhorn, und der Hochzeitgäste laute Freuden. Gustgen auch seit dem Wetter bin ich – nicht ruhig aber still – was bey mir still heisst und fürchte nur wieder ein Gewitter das sich immer in den harmlosesten Tagen zusammenzieht, und – Gute Nacht Engel. Einzigstes Einzigstes Mädgen – Und ich kenne ihrer Viele – – – …

An Charlotte von Stein

Weimar, 25. Juni – 9. Juli 1776.

d. 25.

Nachts. sagt ich's nicht! kaum sind Sie weg, schon so ein Tag, ein unendlich verwickelter Tag, dass ich kaum schreiben, und eigentlich gar nichts schreiben kann. Was sich nur sagen liesse – Kaum sagen liesse. – Gute Nacht Beste.

d. 27. Jun.

Nachts. Ich schlafe beym Herzog und eh ich mich auf's Canapee streiche nur ein Wort Dancks für die Zeichnung! Sie ist ganz herrlich, ganz wahr, und deine ganze Seele in der Wahrheit, das Gefühl des Friedens der mit dir geht an den Bauer Schwellen. Liebe, allen Danck und gute Nacht. …

d. 2. Juli.

Es ist und bleibt Gegenwart alles! – Was hilft mich's dass Sie in der Welt sind, dass Sie an mich dencken. Sie fehlen mir an allen Ecken, ich schleiche meinen Tag herum und es ist mir eben weh bey der Sache. Mit Wielanden hab ich göttlich reine Stunden. das tröstet mich viel. Ihre Schwester ist gut, sie kommt wohl einmal vor meinem Garten vorbey und guckt ob ich drinn bin. Hinein ist sie noch nicht kommen. Ich hab ihr Rosen geschickt und hab sie lieb. Dass Sie für mich zeichnen macht mir Hoffnung. der kleine ruhige Land Blick hat mir gar wohl am Herzen gethan. – Sie werden noch herrlich zeichnen lernen. Nur immer das Datum an ein Eckgen ganz klein. Addio.

Nachts halb eilf. der Monschein war so göttlich ich lief noch ins Wasser. Auf der Wiese und Mond.

Gute Nacht. …

Leuchtende Nachtwolke über Goethes Gartenhaus

An Auguste Gräfin zu Stolberg

Danck Gustgen dass du aus deiner Ruhe mir in die Unruhe des Lebens einen Laut herüber gegeben hast.

Alles geben Götter die unendlichen
Ihren Lieblingen ganz
Alle Freuden die unendlichen
Alle Schmerzen die unendlichen ganz.

So sang ich neulich als ich tief in einer herrlichen Mondnacht aus dem Flusse stieg der vor meinem Garten durch die Wiesen fliest; und das bewahrheitet sich täglich an mir. Ich muss das Glück für meine Liebste erkennen, dafür schiert sie mich auch wieder wie ein geliebtes Weib. Den Todt meiner Schwester wirst du wissen. Mir geht in allem alles erwünscht, und leide allein um andre. Lebe wohl grüse Henrietten! Ist das noch eine eurer Schwestern? oder Christels Frau? zwar sie hat der Brüder Handschrifft! Wenn ich einmal wieder ans Schreiben komme, will ich ja wol sehn ob ich dadrüber was sagen kan was sie will. Grüse die Brüder und behaltet mich lieb.

Weimar d. 17. Jul. 77.

Aufgehender Mond am Fluss

Jägers Abendlied

Im Felde schleich' ich still und wild,
Gespannt mein Feuerrohr.
Da schwebt so licht dein liebes Bild
Dein süßes Bild mir vor.

Du wandelst jetzt wohl still und mild
Durch Feld und liebes Thal,
Und ach mein schnell verrauschend Bild,
Stellt sich dir's nicht einmal?

Des Menschen, der die Welt durchstreift
Voll Unmuth und Verdruß,
Nach Osten und nach Westen schweift,
Weil er dich lassen muß.

Mir ist es, denk' ich nur an dich,
Als in den Mond zu sehn;
Ein stiller Friede kommt auf mich,
Weiß nicht wie mir geschehn.

Mondscheinlandschaft mit Mühle

An den Mond

Füllest wieder 's liebe Thal
Still mit Nebelglanz
Lösest endlich auch einmal
Meine Seele ganz

Breitest über mein Gefild
Lindernd deinen Blick
Wie der Liebsten Auge, mild
Über mein Geschick.

Das du so beweglich kennst
Dieses Herz im Brand
Haltet ihr wie ein Gespenst
An den Fluß gebannt

Wenn in öder Winternacht
Er vom Todte schwillt
Und bei Frühlingslebens Pracht
An den Knospen quillt.

Seelig wer sich vor der Welt
Ohne Haß verschließt
Einen Mann am Busen hält
Und mit dem geniest,

Was dem Menschen unbewust
Oder wohl veracht
Durch das Labyrinth der Brust
Wandelt in der Nacht.

Mond zwischen Bäumen

An Charlotte von Stein

Wartburg, 13. – 17. September 1777.

Wartburg d. 13. S. 77 abends 9. Hier wohn ich nun liebste, und singe Psalmen dem Herrn der mich aus Schmerzen und Enge wieder in Höhe und Herrlichkeit gebracht hat. …

Hieroben! Wenn ich Ihnen nur diesen Blick der mich nur kostet aufzustehn vom Stuhl hinüberseegnen könnte. In dem grausen linden Dämmer des Monds die tiefen Gründe, Wiesgen, Büsche, Wälder und Waldblösen, die Felsen Abgänge davor, und hinten die Wände, und wie der Schatten des Schlossbergs und Schlosses unten alles finster hält und drüben an den sachten Wänden sich noch anfasst wie die nackten Felsspizzen im Monde röthen und die lieblichen Auen und Thäler ferner hinunter, und das weite Thüringen hinterwärts im dämmer sich dem Himmel mischt. Liebste ich hab eine rechte fröhlichkeit dran, ob ich gleich sagen mag dass der belebende Genuss mir heute mangelt, wie der lang gebundne reck ich erst meine Glieder. Aber mit dem ächten Gefühl von Danck, wie der Durstige ein Glas Wasser nimmt, und die Heiligkeit des Brunnens, und die Liebheit der Welt, nur nebenweg schaut.

Wenns möglich ist zu zeichnen, wähl ich mir ein beschränckt Eckgen, denn die Natur ist zu weit herrlich hier auf ieden Blick hinaus! Aber auch was für Eckgens hier! – O man sollte weder zeichnen noch schreiben! – Indess wollt ich doch dass Sie wüssten dass ich lebe, und Sie gleich wieder recht liebe da mirs anfängt wieder wohl zu seyn – Und zu trost in der Öde bild ich mir ein, Sie freuen sich über einen Brief oder sonst ein Gekrizel von mir. …

Vollmondnacht im Thüringischen Gebirge

An Charlotte von Stein

Goslar, d. 6. Dez. 77.

Mir ists eine sonderbaare Empfindung, unbekannt in der Welt herumzuziehen, es ist mir als wenn ich mein Verhältniss zu den Menschen und den Sachen weit wahrer fühlte. Ich heise Weber, bin ein Mahler habe *iura* studirt, oder ein Reisender überhaupt, betrage mich sehr höflich gegen iedermann, und bin überall wohl aufgenommen. Mit Frauens hab ich noch gar nichts zu schaffen gehabt. Eine reine Ruh und Sicherheit umgiebt mich, bisher ist mir noch alles zu Glück geschlagen, die Lufft hellt sich aus, es wird diese Nacht sehr frieren. Es ist erstes viertel. ich hab einen Wunsch auf den Vollmond, wenn ihn die Götter erhöhren, wärs grosen Dancks werth. Ich nehm auch nur mit der Hälfte vorlieb. Heut wollt ich zeichnen, ein lieblich Fleck, es ging gar nicht. Mir ists ein vor alle mal unbegreiflich, dass ich Stunden habe wo ich so ganz und gar nichts hervorbringe. – –

Ich drehe mich auf einem sehr kleinen aber sehr merckwürdigen Fleckgen Welt herum. Die kurzen Tage machen alles weiter. Und es ist gar ein schön Gefühl wenn von Plaz zu Plaz aus Abend und Morgen Ein Tag wird. – Schlafen thu ich ganz ohne Maas.

Brocken im Mondlicht

An Charlotte von Stein

Torfhaus und Clausthal,
10. und 11. December 1777.

...

Nachts gegen 7. Was soll ich vom Herren sagen mit Federspulen, was für ein Lied soll ich von ihm singen? im Augenblick wo mir alle Prose zur Poesie und alle Poesie zur Prose wird. Es ist schon nicht möglich mit der Lippe zu sagen was mir widerfahren ist wie soll ichs mit dem spizzen Ding hervorbringen. Liebe Frau. ...

Ich will Ihnen entdecken (sagen Sies niemand) dass meine Reise auf den Harz war, dass ich wünschte den Brocken zu besteigen, und nun liebste bin ich heut oben gewesen, ganz natürlich, ob mir's schon seit 8 Tagen alle Menschen als unmöglich versichern. Aber das W i e, von allem, das warum, soll aufgehoben seyn wenn ich Sie wiedersehe. wie gerne schrieb ich iezt nicht.

Ich sagte: ich hab einen Wunsch auf den Vollmond! – Nun Liebste tret ich vor die Thüre hinaus da liegt der Brocken im hohen herrlichen Mondschein über den Fichten vor mir und ich war oben heut und habe auf dem Teufels Altar meinem Gott den liebsten Danck geopfert.

Ich will die Nahmen ausfüllen der Orte. Jezt bin ich auf dem sogenannten Torfhause, eines Försters Wohnung zwey Stunden vom Brocken.

Clausthal d. 11. Abends, heut früh bin ich vom Torfhause über die Altenau wieder zurück und habe Ihnen viel erzählt unter weegs, o ich bin ein gesprächiger Mensch wenn ich allein bin.

Nur ein Wort zur Erinnrung. wie ich gestern zum Torfhause kam sas der Förster bei seinem Morgenschluck in Hemdsermeln, und diskursive redete ich vom Brocken und er versicherte die Unmöglichkeit hinauf zu gehn, und wie offt er Sommers droben gewesen wäre und wie leichtfertig es wäre iezt es zu versuchen – Die Berge waren im Nebel man sah nichts, und so sagt er ists auch iezt oben, nicht drey Schritte vorwärts können Sie sehn. Und wer nicht alle Tritte weis pp. Da sas ich mit schwerem Herzen, mit halben Gedancken wie ich zurückkehren wollte. Und ich kam mir vor wie der König den der Prophet mit dem Bogen schlagen heisst und der zu wenig schlägt. Ich war still und bat die Götter das Herz dieses Menschen zu wenden und das Wetter, und war still. So sagt er zu mir: nun können Sie den Brocken sehn, ich trat ans Fenster und er lag vor mir klar wie mein Gesicht im Spiegel, da ging mir das Herz auf und ich rief: Und ich sollte nicht hinaufkommen! haben Sie keinen Knecht, niemanden – Und er sagte ich will mit Ihnen gehn. – – Ich habe ein Zeichen ins Fenster geschnitten zum Zeugniss meiner Freuden Trähnen und wärs nicht an Sie hielt ich's für Sünde es zu schreiben. Ich habs nicht geglaubt biss auf der obersten Klippe. Alle Nebel lagen unten, und oben war herrliche Klarheit und heute Nacht bis früh war er im Mondschein sichtbaar und finster auch in der Morgendämmrung da ich aufbrach. Adieu. Morgen geh ich von hier weg. Sie hören nun aus andren Gegenden von mir. Fühlen Sie etwa Beruf mir zu schreiben geben Sie's nur Philippen, dem hab ich eine Adresse gemeldet.

Adieu Liebste. Grüsen Sie Steinen und die Waldnern, aber niemanden wo ich bin. Adieu.

An Charlotte von Stein

Mit dem aufgehenden Mond hab ich mein ganz Revier umgangen, Es friert starck. Einige Anblicke waren ganz unendlich schön, ich wünschte sie Ihnen vors Fenster. Schicken Sie mir den leeren Rahm wo der geschnizte goldne Stab dran ist. er passt auch über das Stückgen von Oberweimar. Adieu liebe.

d. 2. Jan. 79.

3. Januar.

Noch einen guten Morgen und Ade! Gestern Nacht wars herrlich um's dampfende Wasser im Mondschein. Heute noch herrlicher nur unendlich kalt. Dencken Sie mein.

Addio bestes.

Aus dem »Tagebuch« 1779

Januar.

2. Aufgeräumt, und mancherley Alte Papiere überdacht. Plan für dies Jahr. ... Abends um die Hügel. Felsen gerennt. Herrlicher Aufgang des Monds. Gezeichnet. Bis gegen Eilf spazieren. Erster Reiner Schnee und hoher Mond.

4. Auf dem Eis, Bergwercks Conferenz. auf dem Eis bis Monds aufgang mit Cr. nach Hause sehr müde.

Winterliche Mondnacht am Schwansee bei Weimar

Aus dem »Tagebuch« August 1779

d. 7.

Zu Hause aufgeräumt, meine Papiere durchgesehen und alle alten Schaalen verbrannt. Andre Zeiten andre Sorgen. Stiller Rückblick aufs Leben, auf die Verworrenheit, Betriebsamkeit Wissbegierde der Jugend, wie sie überall herumschweift um etwas befriedigendes zu finden. Wie ich besonders in Geheimnissen, dunckeln Imaginativen Verhältnissen eine Wollust gefunden habe. Wie ich alles Wissenschafftliche nur halb angegriffen und bald wieder habe fahren lassen, wie eine Art von demütiger Selbstgefälligkeit durch alles geht was ich damals schrieb. Wie kurzsinnig in Menschlichen und göttlichen Dingen ich mich umgedreht habe. Wie des Thuns, auch des Zweckmäsigen Denckens und Dichtens so wenig, wie in zeitverderbender Empfindung und Schatten Leidenschafft gar viel Tage verthan, wie wenig mir davon zu Nuz kommen und da die Hälfte nun des Lebens vorüber ist, wie nun kein Weeg zurückgelegt sondern vielmehr ich nur dastehe wie einer der sich aus dem Wasser rettet und den die Sonne anfängt wohlthätig abzutrocknen. Die Zeit dass ich im Treiben der Welt bin seit 75 Oktbr. getrau ich noch nicht zu übersehen. Gotte helfe weiter. und gebe Lichter, dass wir uns nicht selbst so viel im Weege stehn. Lasse uns von Morgen zum Abend das gehörige thun und gebe uns klare Begriffe von den Folgen der Dinge. Dass man nicht sey wie Menschen die den ganzen Tag über Kopfweh klagen und gegen Kopfweh brauchen und alle Abend zu viel Wein zu sich nehmen. Möge die Idee des reinen die sich bis auf den Bissen erstreckt den ich in Mund nehme, immer lichter in mir werden.

Mondsichel über nachtdunklen Bäumen

Aus »Faust«

Beide Chöre.

Es schweigt der Wind, es flieht der Stern,
Der trübe Mond verbirgt sich gern.
Im Sausen sprüht das Zauber-Chor
Viel tausend Feuerfunken hervor.

Stimme von unten.

Halte! Halte!

Stimme von oben.

Wer ruft da aus der Felsenspalte?

Stimme von unten.

Nehmt mich mit! Nehmt mich mit!
Ich steige schon dreihundert Jahr,
Und kann den Gipfel nicht erreichen.
Ich wäre gern bei Meinesgleichen.

Beide Chöre.

Es trägt der Besen, trägt der Stock,
Die Gabel trägt, es trägt der Bock;
Wer heute sich nicht heben kann,
Ist ewig ein verlorner Mann.

Halbhexe unten.

Ich tripple nach, so lange Zeit;
Wie sind die andern schon so weit!
Ich hab' zu Hause keine Ruh,
Und komme hier doch nicht dazu.

Chor der Hexen.

Die Salbe gibt den Hexen Muth,
Ein Lumpen ist zum Segel gut,
Ein gutes Schiff ist jeder Trog;
Der flieget nie, der heut nicht flog.

Beschwörungsszene der Hexen bei Vollmond

An Charlotte von Stein

d. 12. Octbr. 80.

Nachts. Mein Vergnügen vor Schlafengehn ist zu dencken dass meine Botin glücklich bey Ihnen angelangt seyn wird. Gute Nacht beste. Der Herzog ist wohl in Belvedere und hat mir etwas hoff ich von Ihnen mitgebracht.

d. 13. Nachts. Durch die Botin und Steinen hab ich etwas von Ihnen, nun bin ich still und vergnügt wenn Sie mir etwas sagen.

Es ist wunderbaar und doch ists so, dass ich eifersüchtig und dummsinnig bin wie ein kleiner Junge wenn Sie andern freundlich begegnen. Gute Nacht Gold. Seit denen Paar Tagen bin ich noch nicht zur Ruhe gekommen als schlafend, das ist mir aber am gesundsten.

Um Mitternacht vom Sonnabend auf den Sonntag.

Ihr Bote war wieder weg als ich Ihr Zettelgen erhielt. Wenn die Sonne wieder aufgegangen ist schick ich Ihnen meine Alte. Seit heut früh um sechs hab ich nicht Ruhe gehabt und noch nicht. Wenn man nur nicht zu schlafen brauchte und immer ein Interessantes dem andren folgte! Ich bin wie eine Kugel die rikochet aufschlägt.

Der Mond ist unendlich schön, Ich bin durch die neuen Wege gelaufen da sieht die Nacht himmlisch drein. Die Elfen sangen.

Um Mitternacht wenn die Menschen erst schlafen
Dann scheinet uns der Mond
Dann leuchtet uns der Stern,
Wir wandlen und singen
Und tanzen erst gern.

Um Mitternacht
Wenn die Menschen erst schlafen
Auf Wiesen an den Erlen
Wir suchen unsern Raum
Und wandlen und singen
Und tanzen einen Traum.

An Charlotte von Stein

Heut sinds fünf Jahre dass ich nach Weimar kommen bin. Es thut mir recht leid dass ich mein Lustrum nicht mit Ihnen feyern kann.

Gestern hatten wir recht schön und wunderbaar Wetter, kamen sehr vergnügt hierher. Ihrer Liebe wieder ganz gewiss, ist mirs ganz anders, es muss mit uns wie mit dem Rheinweine alle Jahre besser werden. Ich rekapitulire in der Stille mein Leben seit diesen 5 Jahren, und finde wunderbaare Geschichten. Der Mensch ist doch wie ein Nachtgänger er steigt die gefährlichsten Kanten im Schlafe. Behalten Sie mich lieb. Das muss einen befestigen dass man mit allem guten bleibender und näher wird, das andre wie Schaalen und Schuppen täglich von einem herunter fällt. …

Weimar, d. 7. Nov. 80.

Stürmische Mondnacht

Aus dem »Reise-Tagebuch« 1786

September d. 11. früh.

Ich fahre in meiner Erzählung fort. Am 9. Abends als ich mein erstes Stück an dich geschlossen hatte, wollte ich noch die Herberge zeichnen aber es ging nicht, ich verfehlte die Formen und ging halb mismutig nach Hause.

Mein Wirth fragte mich ob ich nicht fortwollte? es sey Mondschein p. und ob ich wohl wußte daß er die Pferde morgen früh brauchte und sie also bis dahin gerne wieder zu Hause gehabt hätte, sein Rath also eigennützig war; so nahm ich doch weil es mit meinem innern Trieb übereinstimmte ihn als gut an, die Sonne lies sich wieder blicken, und es war eine sehr leidliche Lufft.

Ich packte ein und um sieben fuhr ich vom Brenner weg. Wie ich gehofft hatte, ward die Athmosphäre Herr der Wolcken und der Abend gar schön.

Der Postillon schlief ein und die Pferde liefen den schnellsten Trab bergunter immer auf dem bekannten Wege fort, kamen sie an ein eben Fleck ging's desto langsamer, er erwachte und trieb und so kam ich sehr geschwind zwischen hohen Felsen, an den reißenden Etsch Fluß hinunter. Der Mond ging auf und beleuchtete ungeheure Gegenstände. Einige Mühlen über dem reißenden Strom waren völlige Everdingen. Wenn ich dir sie nur vor die Augen hätte stellen können.

Um 9 kam ich nach Sterzing und man gab mir zu verstehen daß man mich gleich wieder weg wünschte, um 12 in Mittenwald war alles im tiefen Schlafe ausser den Postillons, um halb 3 in Brixen eben so, daß ich mit dem Tage in Collman ankam. So leid es mir that, diese interessanten Gegenden, mit der entsetzlichen Schnelle, (die Postillon fuhren daß einem oft Hören und Sehen verging) und bey Nacht der Schuhu zu durchreisen; so freute mich's doch, daß wie ein Wind hinter mir her blies und mich meinen Wünschen zujagte. …

Und nun wenn es Abend wird und bey der milden Luft wenige Wolcken an den Bergen ruhn, am Himmel mehr stehn als ziehn, und gleich nach Sonnen Untergang das Geschrille der Heuschrecken laut zu werden anfängt! Es ist mir als wenn ich hier gebohren und erzogen wäre und nun von einer Grönlandsfahrt Von einem Wallfischfang zurückkäme. Alles ist mir willkommen, auch der Vaterländische Staub der manchmal starck auf den Strasen wird und von dem ich nun solang nichts gesehen habe.

Das Glocken oder vielmehr Schellengeläute der Heuschrecken ist allerliebst durchdringend und nicht unangenehm.

Lustig klingts wenn muthwillige Buben mit einem Feld voll Heuschrecken um die Wette pfeifen. Es ist als wenn sie einander würcklich steigerten. Heute ist wieder ein herrlicher Tag, besonders die Milde der Luft kann ich dir nicht ausdrücken.

Wenn das alles jemand läse der im Mittag wohnte, vom Mittag käme, er würde mich für sehr kindisch halten. Ach was ich da schreibe hab ich lang gewußt, seitdem ich mit dir unter einem bösen Himmel leide, und jetzt mag ich gern diese Freude als Ausnahme fühlen, die wir als eine ewige Naturwohlthat immer genießen sollten. …

Aus dem »Reise-Tagebuch« 1786

d. 1. Oktbr. Abends 8 Uhr.

Morgen will ich anfangen einiges zu besehn. Ich bin nun mit dem Ganzen bekannt, das einzelne wird mich nicht mehr confuß machen, und ich werde ein sichres Bild von Venedig mit fortnehmen. Heut hat mich zum erstenmal ein feiler Schatz bey hellem Tage in einem Gäßgen beym Rialto angeredet.

Heute Abend war herrlicher Mondschein. Ein Gewitter kam übers Meer von Südost, also von den dalmatischen Gebürgen, wetterleuchtete, zog am Mond vorbey zertheilte sich und ging nach dem Tyroler Gebirg, das ist also immer der selbige Wind der alle Mittägiger entstehende Wolcken nach dem deutschen Gebirg wirft und euch in Norden vielleicht Ubel bringt. Doch hab ich gute Hofnung für euch, die Gebirge sind meist klar.

Einige Striche hab ich auf grau Papier gemacht von dieses Abends Erscheinung auf dem Wasser.

Lebe wohl. Abends fühl ich mich denn doch müde. Du nimmst auch wohl mit dem guten Willen vorlieb, wenn ich auch nicht viel klugs vorbringe.

Venedig

Aus »Venezianische Epigramme«

Glänzen sah ich das Meer, und blinken die liebliche Welle
Frisch mit günstigem Wind zogen die Segel dahin.
Keine Sehnsucht fühlte mein Herz; es wendete rückwärts,
Nach dem Schnee des Gebirgs, bald sich der schmachtende Blick.
Südwärts liegen der Schätze wie viel! Doch einer im Norden
Zieht, ein großer Magnet, unwiderstehlich zurück.

Epigramm Nr. 96

Segelboot auf dem Fluss

An Charlotte von Stein

Rom d. 20.–23. Dec. 86.

Noch ist kein Brief von dir angekommen, und es wird mir immer wahrscheinlicher daß du vorsätzlich schweigst, ich will auch das tragen und will dencken: Hab ich doch das Beyspiel gegeben, hab ich sie doch schweigen gelehrt, es ist das erste nicht was ich zu meinem Schaden lehre.

Heut Nacht hatt ich halb angenehme, halb ängstliche Träume. Ich war in Eurer Gegend und suchte dich. Du flohst mich und dann wieder wenn ich dir begegnen konnte, wich ich dir aus. Deine Schwester und die kleine Schardt fand ich beysammen. Letztere versteckte etwas vor mir, wie ein farbiges Strickzeug. Sie erzählten mir, du lesest jetzt mit vieler Freude die englischen Dichter und ich sah zugleich zum Fenster hinaus einen anmutigen grünen Berg mit Lorbeerhecken und Schneckengängen die hinauf führten. Man sagte mir es sey der englische Parnaß. Ich dachte darüber wird sie mich leicht vergessen und schalt auf die englischen Dichter und verkleinerte sie. ...

Hab ich dir denn von Rom nichts zu schreiben als Träume? Noch viel! Gar viel!

Ich fange nun an die besten Sachen zum zweytenmal zu sehen, wo denn das erste Staunen sich in ein Mitleben und näheres Gefühl des Werthes der Sachen auflöst.

Ich lasse mir nur alles entgegen kommen und zwinge mich nicht dies oder jens in dem Gegenstande zu finden. Wie ich die Natur betrachtet, betrachte ich nun die Kunst, ich gewinne, wornach ich solang gestrebt, auch einen vollständigern Begriff von dem höchsten was Menschen gemacht haben, und meine Seele bildet sich auch von dieser Seite mehr aus und sieht in ein freyeres Feld. ...

Parkmotiv im Mondschein

Aus »Italiänische Reise«

Den 2. Februar 1787.

Von der Schönheit, im vollen Mondschein Rom zu durchgehen, hat man, ohne es gesehen zu haben, keinen Begriff. Alles Einzelne wird von den großen Massen des Lichts und Schattens verschlungen, und nur die größten allgemeinsten Bilder stellen sich dem Auge dar. Seit drei Tagen haben wir die hellsten und herrlichsten Nächte wohl und vollständig genossen. Einen vorzüglich schönen Anblick gewährt das Coliseo. Es wird Nachts zugeschlossen, ein Eremit wohnt darin an einem Kirchelchen, und Bettler nisten in den verfallenen Gewölben. Sie hatten auf flachem Boden ein Feuer angelegt, und eine stille Luft trieb den Rauch erst auf der Arena hin, daß der untere Theil der Ruinen bedeckt war und die ungeheuern Mauern oben drüber finster herausragten; wir standen am Gitter und sahen dem Phänomen zu, der Mond stand hoch und heiter. Nach und nach zog sich der Rauch durch die Wände, Lücken und Öffnungen, ihn beleuchtete der Mond wie einen Nebel. Der Anblick war köstlich. So muß man das Phantheon, das Capitol beleuchtet sehn, den Vorhof der Peterskirche und andere große Straßen und Plätze. Und so haben Sonne und Mond, eben wie der Menschengeist, hier ein ganz anderes Geschäft als anderer Orten, hier, wo ihrem Blick ungeheure und doch gebildete Massen entgegen stehn.

An Charlotte von Stein

d. 19. – 21. Febr. 87. Rom.

Dein lieber Brief vom 26. Jan. verdient wohl daß ich noch einige Worte mehr darauf sage, als neulich in der Carnevals Zerstreuung geschehn. Auch heute haben mich die Narren wieder recht herzlich müde gemacht und ich freue mich daß Morgen ein Ende wird. …

Zur Neapolitanischen Reise ist das schönste Papier gekauft und wir haben die festeste Intention brav zu zeichnen. Wenn es nur die Schönheit und Menge der Gegenstände zuläßt. Das Tagebuch der Reise schick ich ab so bald wir dort ankommen du wirst nach diesem Brief nicht lange darauf zu warten haben.

Das Wetter fährt fort über allen Ausdruck schön zu seyn, heute war ein Tag den ich mit Schmerzen unter den Narren zubrachte. Es ist Neumond und ich konnte heute Abend, auf der Villa Medicis, die ganze dunckle Scheibe, fast mit blosen Augen und ganz deutlich durchs Perspecktiv sehn. Über der Erde schwebt ein Duft des Tags über, den ich nur aus den Gemählden und Zeichnungen des Claude kannte, das Phenomen in der Natur aber nie gesehn hatte. Nun kommen mir Blumen aus der Erde die ich noch nicht kenne und neue Blüten von den Bäumen. Wie wird es erst in Neapel seyn. Wir finden das meiste schon grün und das übrige wird sich vor unsern Augen entwickeln. …

Aus »Italiänische Reise«

Neapel, Sonnabend den 2. Juni 1787.

Die Dämmerung war schon eingebrochen, und man hatte noch keine Kerzen gebracht. Wir gingen im Zimmer auf und ab, und sie, einer durch Läden verschlossenen Fensterseite sich nähernd, stieß einen Laden auf, und ich erblickte, was man in seinem Leben nur einmal sieht. That sie es absichtlich mich zu überaschen, so erreichte sie ihren Zweck vollkommen. Wir standen an einem Fenster des oberen Geschosses, der Vesuv gerade vor uns; die herabfließende Lava, deren Flamme bei längst niedergegangener Sonne schon deutlich glühte und ihren begleitenden Rauch schon zu vergolden anfing; der Berg gewaltsam tobend, über ihm eine ungeheure feststehende Dampfwolke, ihre verschiedenen Massen bei jedem Auswurf blitzartig gesondert und körperhaft erleuchtet. Von da herab bis gegen das Meer ein Streif von Gluthen und glühenden Dünsten; übrigens Meer und Erde, Fels und Wachsthum deutlich in der Abenddämmerung, klar friedlich, in einer zauberhaften Ruhe. Dieß alles mit einem Blick zu übersehen und den hinter dem Bergrücken hervortretenden Vollmond als die Erfüllung des wunderbarsten Bildes zu schauen, mußte wohl Erstaunen erregen.

Vesuvausbruch

Aus »Italiänische Reise«

Neapel, Sonnabend den 2. Juni 1787.

Je mehr die Nacht wuchs, desto mehr schien die Gegend an Klarheit zu gewinnen; der Mond leuchtete wie eine zweite Sonne; die Säulen des Rauchs, dessen Streifen und Massen durchleuchtet bis ins Einzelne deutlich, ja man glaubte mit halbweg bewaffnetem Auge die glühend ausgeworfenen Felsklumpen auf der Nacht des Kegelberges zu unterscheiden. Meine Wirthin, so will ich sie nennen, weil mir nicht leicht ein köstlichers Abendmahl zubereitet war, ließ die Kerzen an die Gegenseite des Zimmers stellen, und die schöne Frau, vom Monde beleuchtet, als Vordergrund dieses unglaublichen Bildes, schien mir immer schöner zu werden, ja ihre Lieblichkeit vermehrte sich besonders dadurch, daß ich in diesem südlichen Paradiese eine sehr angenehme deutsche Mundart vernahm. Ich vergaß, wie spät es war, so daß sie mich zuletzt aufmerksam machte: sie müsse mich wiewohl ungerne entlassen, die Stunde nahe schon, wo ihre Galerien klostermäßig verschlossen würden. Und so schied ich zaudernd von der Ferne und von der Nähe, mein Geschick segnend, das mich für die widerwillige Artigkeit des Tages noch schön am Abend belohnt hatte. Unter den freien Himmel gelangt, sagte ich mir vor: daß ich in der Nähe dieser größern Lava doch nur die Wiederholung jener kleinern würde gesehen haben, und daß mir ein solcher Überblick, ein solcher Abschied aus Neapel nicht anders als auf diese Weise hätte werden können.

Meeresbucht bei Mondschein

An Charlotte von Stein

Rom d. 8. Jun. 87.

…

Die letzten Tage in Neapel wurde ich immer mehr unter die Menschen gezogen, es reut mich nicht denn ich habe interessante Personen kennen lernen. Auch kam Lucchesini noch an, um dessentwillen ich den 1. und 2. Juni noch in Neapel blieb. In ihm hab ich einen rechten Weltmenschen gesehen und recht gesehen warum ich keiner seyn kann. Der Vesuv der seit meiner Rückkehr von Sicilien starck gebrannt hatte floß endlich d. 1. Juni von einer starcken Lava über. So hab ich denn auch dieses Naturschauspiel obgleich nur von weitem gesehn. Es ist ein großer Anblick. Einige Abende als ich aus dem Opernhause ging das nah am Molo liegt, ging ich noch auf den Molo spazieren. Dort sah ich mit Einem Blick, den Mond, den Schein des Monds auf den Wolckensäumen, den Schein des Monds im Meere, und auf dem Saum der nächsten Wellen, die Lampen des Leuchtturms das Feuer des Vesuvs, den Wiederschein davon im Wasser und die Lichter auf den Schiffen. Diese Manigfaltigkeit von Licht machte ein Einziges Schauspiel.

Dergleichen viele sehr schöne Anblicke hab ich genoßen, die mir in der Seele lebendig bleiben und nicht wieder von mir genommen werden können. Ich ging allein und gern von Neapel, man kommt dort nicht zu Sinnen, man müßte sich denn besonders und auf längere Zeit einrichten. …

Mondscheinszenerie

Aus »Römische Elegien«

O wie fühl' ich in Rom mich so froh! gedenk' ich der Zeiten,
Da mich ein graulicher Tag hinten im Norden umfing,
Trübe der Himmel und schwer auf meine Scheitel sich senkte,
Farb- und gestaltlos die Welt um den ermatteten lag,
Und ich über mein Ich, des unbefriedigten Geistes
Düstre Wege zu spähn, still in Betrachtung versank.
Nun umleuchtet der Glanz des helleren Äthers die Stirne;
Phöbus rufet, der Gott, Formen und Farben hervor.
Sternhell glänzet die Nacht, sie klingt von weichen Gesängen,
Und mir leuchtet der Mond heller als nordischer Tag.

Elegie VII

Aesculap-Tempel an kleinem See in Villa Borghese, Rom

Aus »Italiänische Reise«

Frascati, den 28. September 1787.

Ich bin hier sehr glücklich, es wird den ganzen Tag bis in die Nacht gezeichnet, gemahlt, getuscht, geklebt, Handwerk und Kunst recht *ex professo* getrieben. Rath Reiffenstein, mein Wirth, leistet Gesellschaft, und wir sind munter und lustig. Abends werden die Villen im Mondschein besucht, und sogar im Dunkeln die frappantesten Motive nachgezeichnet. Einige haben wir aufgejagt, die ich nur einmal auszuführen wünsche. Nun hoff' ich, daß auch die Zeit des Vollendens kommen wird. Die Vollendung liegt nur zu weit, wenn man weit sieht.

September 1787.

Besonders ist die Fülle der Mondscheinbilder über alle Begriffe, wo das einzeln Unterhaltende, vielleicht störend zu Nennende durchaus zurücktritt und nur die großen Massen von Licht und Schatten ungeheuer anmuthige, symmetrisch harmonische Riesenkörper dem Auge entgegentragen. Dagegen fehlte es denn auch Abends nicht an unterrichtender, oft aber auch neckischer Unterhaltung.

Landgut bei Rom

Aus »Italiänische Reise«

April 1788.

Auf eine besonders feierliche Weise sollte jedoch mein Abschied aus Rom vorbereitet werden; drei Nächte vorher stand der volle Mond am klarsten Himmel, und ein Zauber, der sich dadurch über die ungeheure Stadt verbreitet, so oft empfunden, ward nun auf's eindringlichste fühlbar. Die großen Lichtmassen, klar, wie von einem milden Tage beleuchtet, mit ihren Gegensätzen von tiefen Schatten, durch Reflexe manchmal erhellt, zur Ahnung des Einzelnen, setzen uns in einen Zustand wie von einer andern einfachern größern Welt.

Nach zerstreuenden, mitunter peinlich zugebrachten Tagen, macht' ich den Umgang mit wenigen Freunden einmal ganz allein. Nachdem ich den langen Corso, wohl zum letztenmal, durchwandert hatte, bestieg ich das Capitol, das wie ein Feenpalast in der Wüste dastand. Die Statue Marc Aurels rief den Commandeur in Don Juan zur Erinnerung und gab dem Wanderer zu verstehen, daß er etwas Ungewöhnliches unternehme. Dessen ungeachtet ging ich die hintere Treppe hinab. Ganz finster, finstern Schatten werfend, stand mir der Triumphbogen des Septimius Severus entgegen; in der Einsamkeit der Via Sacra erschienen die sonst so bekannten Gegenstände fremdartig und geisterhaft. Als ich aber den erhabenen Resten des Coliseums mich näherte und in dessen verschlossenes Innere durch's Gitter hineinsah, darf ich nicht läugnen, daß mich ein Schauer überlief und meine Rückkehr beschleunigte.

Pyramide am Ufer eines Sees

An F. H. Jacobi

Ja mein Lieber ich bin wieder zurück und sitze in meinem Garten, hinter der Rosen Wand, unter den Aschenzweigen und komme nach und nach zu mir selbst. Ich war in Italien sehr glücklich, es hat sich so mancherley in mir entwickelt, das nur zulange stockte, Freude und Hoffnung ist wieder ganz in mir lebendig geworden. Mein hiesiger Aufenthalt wird mir sehr nützlich seyn. Denn da ich ganz mir selbst wiedergegeben bin; so kann mein Gemüth, das die größten Gegenstände der Kunst und Natur fast zwey Jahre auf sich würcken ließ, nun wieder von innen heraus würcken, sich weiter kennen lernen und ausbilden.

Hamans Verlust ist hart, ich hatte nie gerechnet ihn zu sehn, seine geistige Gegenwart war mir immer nah. Und doch was muß die Nähe solch eines Menschen seyn! Was muß er dir geworden seyn! und wie sehr mußt du seinen Abschied empfinden. Laß uns solang wir leben einander was möglich ist seyn und bleiben. ...

Weimar d. 21. Juli 1788.

Grabmal

Nähe des Geliebten

Ich denke dein, wenn mir der Sonne Schimmer
Vom Meere strahlt;
Ich denke dein, wenn sich des Mondes Flimmer
In Quellen mahlt.

Ich sehe dich, wenn auf dem fernen Wege
Der Staub sich hebt;
In tiefer Nacht, wenn auf dem schmalen Stege
Der Wandrer bebt.

Ich höre dich, wenn dort mit dumpfem Rauschen
Die Welle steigt.
Im stillen Haine geh' ich oft zu lauschen,
Wenn alles schweigt.

Ich bin bei dir, du seist auch noch so ferne,
Du bist mir nah!
Die Sonne sinkt, bald leuchten mir die Sterne.
O wärst du da!

Nachtstück

An Schiller

Weimar am 21. August 1799.

Mein stilles Leben im Garten trägt immerfort wo nicht viele doch gute Früchte. ... Diese Woche bin ich wider meine Gewohnheit meist bis Mitternacht aufgeblieben, um den Mond zu erwarten den ich durch das Auchische Teleskop mit vielem Interesse betrachtete. Es ist eine sehr angenehme Empfindung einen so bedeutenden Gegenstand, von dem man vor kurzer Zeit so gut als gar nichts gewußt, um so viel näher und genauer kennen zu lernen. Das schöne Schröterische Werk, die Selenotopographie, ist freylich eine Anleitung durch welche der Weg sehr verkürzt wird. Die große nächtliche Stille hier außen im Garten hat auch viel Reiz, besonders da man Morgens durch kein Geräusch geweckt wird, und es dürfte einige Gewohnheit dazu kommen, so könnte ich verdienen in die Gesellschaft der würdigen Lucifugen aufgenommen zu werden. ...

Aus dem »Tagebuch« 1799

August.

23. Seit meinem Aufenthalt im Garten. Meine kleinen Gedichte durchgearbeitet. Winckelmanns Briefe und erste Schriften gelesen. Den Mond durch ein Auchisches Telescop betrachtet.

September.

13. ... Machte ich mich mit dem Monde, so viel es die Witterung zuließ, bekannt mit Hülfe des Auchischen Telescops und der Schröderischen Selenotopographie. ...

18. ... Mit Schiller spaziren gefahren. ... Den Mond beschaut.

An Schiller

W. am 11. Febr. 1800.

Mögen Sie sich heute Abend wohl in dieser starken Kälte zu mir verfügen, so wünsche ich daß Sie um 6 Uhr kommen, damit wir den Macbeth hinauslesen.

Um 7 Uhr, da der Mond aufgeht, sind Sie zu einer astronomischen Partie eingeladen, den Mond und den Saturn zu betrachten, denn es finden sich heute Abend drey Teleskope in meinem Hause.

Sollten Sie aber die warme Stube vorziehen, so wird Ihnen Freund Meyer Gesellschaft leisten, der die Mondsberge so sehr wie die Schweizerberge, und die Gestirne so sehr als die Kälte mit einem herzlichen Künstlerhaß verfolgt.

Weimar am 10. April 1800.

Das Teleskop folgt hierbey. Es war eine Zeit, wo man den Mond nur empfinden wollte, jetzt will man ihn sehen. Ich wünsche, daß es recht viel Neugierige geben möge damit wir die schönen Damen nach und nach in unser Observatorium locken.

Wenn Sie die Musik von Macbeth noch bey sich haben, so bringen Sie doch solche Nachmittag mit, so wie auch das Pförtnerlied.

Ich wünsche, daß die Wirkung der gestrigen Musik diesen Morgen noch nachklingen möge.

An Luna

Schwester von dem ersten Licht,
Bild der Zärtlichkeit in Trauer!
Nebel schwimmt mit Silberschauer
Um dein reizendes Gesicht;
Deines leisen Fußes Lauf
Weckt aus tagverschloss'nen Höhlen
Traurig abgeschiedne Seelen,
Mich, und nächt'ge Vögel auf.

Forschend übersieht dein Blick
Eine großgemess'ne Weite.
Hebe mich an deine Seite!
Gib der Schwärmerei dieß Glück;
Und in wollustvoller Ruh
Säh' der weitverschlagne Ritter
Durch das gläserne Gegitter
Seines Mädchens Nächten zu.

Des Beschauens holdes Glück
Mildert solcher Ferne Qualen,
Und ich sammle deine Strahlen
Und ich schärfe meinen Blick;
Hell und heller wird es schon
Um die unverhüllten Glieder,
Und nun zieht sie mich hernieder,
Wie dich einst Endymion.

Tempel an einer Meeresbucht

Der Todtentanz

Der Thürmer der schaut zu Mitten der Nacht
Hinab auf die Gräber in Lage;
Der Mond, der hat alles in's Helle gebracht;
Der Kirchhof er liegt wie am Tage.
Da regt sich ein Grab und ein anderes dann:
Sie kommen hervor, ein Weib da, ein Mann,
In weißen und schleppenden Hemden.

Das reckt nun, es will sich ergetzen sogleich,
Die Knöchel zur Runde, zum Kranze,
So arm und so jung, und so alt und so reich;
Doch hindern die Schleppen am Tanze.
Und weil hier die Scham nun nicht weiter gebeut,
Sie schütteln sich alle, da liegen zerstreut
Die Hemdelein über den Hügeln.

Nun hebt sich der Schenkel, nun wackelt das Bein,
Geberden da gibt es vertrackte;
Dann klippert's und klappert's mitunter hinein,
Als schlüg' man die Hölzlein zum Tacte.
Das kommt nun dem Thürmer so lächerlich vor;
Da raunt ihm der Schalk, der Versucher in's Ohr:
Geh! hole dir einen der Laken.

Getan wie gedacht! und er flüchtet sich schnell
Nun hinter geheiligte Thüren.
Der Mond und noch immer er scheinet so hell
Zum Tanz, den sie schauderlich führen.

Doch endlich verlieret sich dieser und der,
Schleicht eins nach dem andern gekleidet einher,
Und husch ist es unter dem Rasen.

Nur einer der trippelt und stolpert zuletzt
Und tappet und grapst an den Grüften;
Doch hat kein Geselle so schwer ihn verletzt;
Er wittert das Tuch in den Lüften.
Er rüttelt die Thurmthür, sie schlägt ihn zurück,
Gezieret und gesegnet, dem Thürmer zum Glück,
Sie blinkt von metallenen Kreuzen.

Das Hemd muß er haben, da rastet er nicht,
Da gilt auch kein langes Besinnen,
Den gothischen Zierrat ergreift nun der Wicht
Und klettert von Zinne zu Zinnen.
Nun ist's um den armen, den Thürmer gethan!
Es ruckt sich von Schnörkel zu Schnörkel hinan,
Langbeinigen Spinnen vergleichbar.

Der Thürmer erbleichet, der Thürmer erbebt,
Gern gäb er ihn wieder den Laken.
Da häckelt – jetzt hat er am längsten gelebt –
Den Zipfel ein eiserner Zacken.
Schon trübet der Mond sich verschwindenden Scheins,
Die Glocke sie donnert ein mächtiges Eins
Und unten zerschellt das Gerippe.

Vollmondnacht

Herrin, sag' was heißt das Flüstern?
Was bewegt dir leis die Lippen?
Lispelst immer vor dich hin,
Lieblicher als Weines Nippen!
Denkst du deinen Mundgeschwistern
Noch ein Pärchen herzuziehn?
»Ich will küssen! Küssen! sagt' ich.«

Schau'! Im zweifelhaften Dunkel
Glühen blühend alle Zweige,
Nieder spielet Stern auf Stern;
Und smaragden, durch's Gesträuche
Tausendfältiger Carfunkel:
Doch dein Geist ist allem fern.
»Ich will küssen! Küssen! sagt' ich.«

Dein Geliebter, fern, erprobet
Gleicherweis' im Sauersüßen,
Fühlt ein unglücksel'ges Glück.
Euch im Vollmond zu begrüßen
Habt ihr heilig angelobet,
Dieses ist der Augenblick.
»Ich will küssen! Küssen! sag' ich.«

Mondbeschwörung

Aus »Tag- und Jahres-Hefte« 1818

Ein wundersamer Zustand bei hehrem Mondenschein brachte mir das Lied Um Mitternacht, welches mir desto lieber und werther ist, da ich nicht sagen könnte, woher es kam und wohin es wollte. Gefordert, und deßhalb in seiner Entstehung klarer, aber doch eben so wenig in der Ausführung berechenbar, erschien mir zu Ende des Jahrs ein Gedicht, in kurzer Zeit verlangt, erfunden, eingeleitet und vollbracht.

Um Mitternacht

Um Mitternacht ging ich, nicht eben gerne,
Klein, kleiner Knabe, jenen Kirchhof hin
Zu Vaters Haus, des Pfarrers, Stern am Sterne
Sie leuchteten doch alle gar zu schön;
Um Mitternacht.

Wenn ich dann ferner in des Lebens Weite
Zur Liebsten mußte, mußte weil sie zog,
Gestirn und Nordschein über mir im Streite,
Ich gehend, kommend Seligkeiten sog;
Um Mitternacht.

Bis dann zuletzt des vollen Mondes Helle
So klar und deutlich mir in's Finstere drang,
Auch der Gedanke willig, sinnig, schnelle
Sich um's Vergangne wie um's Künftige schlang;
Um Mitternacht.

Aus »Chinesisch-Deutsche Jahres- und Tageszeiten«

Dämmrung senkte sich von oben,
Schon ist alle Nähe fern;
Doch zuerst emporgehoben
Holden Lichts der Abendstern!
Alles schwankt in's Ungewisse
Nebel schleichen in die Höh;
Schwarzvertiefte Finsternisse
Wiederspiegelnd ruht der See.

Nun am östlichen Bereiche
Ahn' ich Mondenglanz und -Gluth,
Schlanker Weiden Haargezweige
Scherzen auf der nächsten Fluth.
Durch bewegter Schatten Spiele
Zittert Luna's Zauberschein,
Und durch's Auge schleicht die Kühle
Sänftigend in's Herz hinein.

An Marianne von Willemer

Mit dem freundlichsten Willkomm die heitere Anfrage: wo die lieben Reisenden am 25. August sich befunden? und ob Sie vielleicht den klaren Vollmond beachtend des Entfernten gedacht haben?

Beykommendes giebt, von seiner Seite, das unwidersprechlichste Zeugniß. Vernehm ich hierauf das Nähere, vielleicht auch erhalt ich einen Auszug aus dem Umständlicheren Tagebuch so erwiedre noch manches, besonders vielfachen Danck für die so reichlich gespendeten Stachelfrüchte.

Begleitet von allen dornfreyen Gefühlen die besten Wünsche!

treu angehörig Weimar d. 23. Octbr. 1828.

Dem aufgehenden Vollmonde

Willst du mich sogleich verlassen!
Warst im Augenblick so nah!
Dich umfinstern Wolkenmassen
Und nun bist du gar nicht da.

Doch du fühlst wie ich betrübt bin,
Blickt dein Rand herauf als Stern!
Zeugest mir daß ich geliebt bin,
Sei das Liebchen noch so fern.

So hinan denn! hell und heller,
Reiner Bahn, in voller Pracht!
Schlägt mein Herz auch schmerzlich schneller,
Überselig ist die Nacht.

Aus »West-östlicher Divan«

Ich gedachte in der Nacht,
Daß ich den Mond sähe im Schlaf;
Als ich aber erwachte,
Ging unvermuthet die Sonne auf.

Suleika Nameh. Buch Suleika

Verzeichnis der Text-Quellen

S. 7	Wenn du im Tanze dich regst	WA I 1, S. 59
S. 8	Die Nacht *1. Fassung 1768*	HA I, S. 18
S. 10	Die Leiden des jungen Werther	WA I 19, S. 79f.
S. 12	An Auguste Gräfin zu Stolberg	WA IV 2, Nr. 355, S. 288
S. 13	An Auguste Gräfin zu Stolberg	WA IV 2, Nr. 355, S. 292
S. 14	An Charlotte von Stein	WA IV 3, Nr. 484, S. 83
S. 16	An Auguste Gräfin zu Stolberg	WA IV 3, Nr. 621, S. 165
S. 18	Jägers Abendlied	WA I 1, S. 99
S. 20	An den Mond *1. Fassung*	WA I 1, S. 393
S. 22	An Charlotte von Stein	WA IV 3, Nr. 632, S. 175
S. 24	An Charlotte von Stein	WA IV 3, Nr. 652, S. 192
S. 26	An Charlotte von Stein	WA IV 3, Nr. 655, S. 199
S. 28	An Charlotte von Stein	WA IV 4, Nr. 771, S. 1
	An Charlotte von Stein	WA IV 4, Nr. 772, S. 1
	Tagebuch	WA III 1, S. 76
S. 30	Tagebuch	WA III 1, S. 93f.
S. 32	Faust *Vers 3990–4011*	WA I 14, S. 201f.
S. 34	An Charlotte von Stein	WA IV 4, Nr. 1026, S. 313
S. 35	Um Mitternacht wenn…	WA IV 4, Nr. 1026, S. 314
S. 36	An Charlotte von Stein	WA IV 5, Nr. 1037, S. 1
S. 38	Reise-Tagebuch	WA III 1, S. 172f.
S. 40	Reise-Tagebuch	WA III 1, S. 251f.
S. 42	Venezianische Epigramme	WA I 1, S. 329
S. 44	An Charlotte von Stein	WA IV 8, Nr. 2541, S. 98f.
S. 46	Italiänische Reise	WA I 30, S. 265f.
S. 47	An Charlotte von Stein	WA IV 8, Nr. 2583, S. 202f.
S. 48	Italiänische Reise	WA I 31, S. 273f.
S. 50	Italiänische Reise	WA I 31, S. 275f.
S. 52	An Charlotte von Stein	WA IV 8, Nr. 2594, S. 227f.
S. 54	Römische Elegien	WA I 1, S. 242
S. 56	Italiänische Reise	WA I 32, S. 84
	Italiänische Reise	WA I 32, S. 97
S. 58	Italiänische Reise	WA I 32, S. 336
S. 60	An F. H. Jacobi	WA IV 9, Nr. 2660, S. 3
S. 62	Nähe des Geliebten	WA I 1, S. 58

S. 64	An Schiller	WA IV 14, Nr. 4098, S. 161
	Tagebuch	WA III 2, S. 257 f.
S. 65	An Schiller	WA IV 15, Nr. 4194, S. 25
	An Schiller	WA IV 15, Nr. 4231, S. 54
S. 66	An Luna	WA I 1, S. 49
S. 68	Der Todtentanz	WA I 1, S. 208
S. 70	Vollmondnacht	WA I 6, S. 190
S. 72	Tag- und Jahres-Hefte	WA I 36, S. 137
	Um Mitternacht	WA I 5, S. 47
S. 73	Chinesisch-Deutsche Jahres- u. Tageszeiten	WA I 4, S. 113
S. 74	An Marianne von Willemer	WA IV 45, S. 29
	Dem aufgehenden Vollmonde	WA I 4, S. 108
S. 75	West-östlicher Divan	WA I 6, S. 141
S. 80	Das Leben wohnt in jedem Sterne	WA I 3, S. 363

Zitiert nach der Weimarer Ausgabe (WA) Sophienausgabe. Goethes Werke.
Hrsg. im Auftrag der Großherzogin Sophie von Sachsen.
Abt. I–IV in 143 Bänden, Weimar 1887–1919

HA Goethes Werke. Hamburger Ausgabe in 14 Bänden.
Herausgegeben von Erich Trunz, München 1981

Verzeichnis der Abbildungen

Corpus der Goethe-Zeichnungen.

Bearbeitet von Gerhard Femmel. Leipzig 1958–1979 Band I–VII.
Bildgrößen in mm, Höhe × Breite.

SWK Stiftung Weimarer Klassik/Goethe Nationalmuseum
Goethe- und Schillerarchiv (Fotos: Sigrid Geske)

KSW Kunstsammlung zu Weimar (Fotos: Renno)

FDH Freies Deutsches Hochstift
Frankfurter Goethe-Museum, Frankfurt a. M.
(Fotos: Ursula Edelmann)

Personenverzeichnis

Johann Wolfgang von Goethe
wurde am 28. August 1749 in Frankfurt am Main als Sohn des Johann Caspar und der Catharina Elisabeth Goethe geboren. Er verbrachte seine Kindheit und Jugend in Frankfurt am Main.
1775 zog er nach Weimar, reiste im September 1786 nach Italien und kehrte im Juni 1788 wieder nach Weimar zurück.
Am 22. März 1832 starb Goethe und wurde am 26. März in der Fürstengruft zu Weimar bestattet.

Friedrich Heinrich Jacobi 1743–1819
Schriftsteller, Philosoph, Jurist.

Friedrich von Schiller 1759–1805
Goethe begegnete Schiller am 7. September 1788. Zwischen beiden entstand ab Ende 1794 eine tiefe Freundschaft und fruchtbare Zusammenarbeit.

Charlotte Albertine Ernestine von Stein, 1742–1827
Hofdame in Weimar, Goethes Vertraute von 1776 bis Sommer 1788. Frau von Stein war für Goethe wie ein »reines Glas, darin sich's so gut bespiegeln läßt«.

Auguste (»Gustgen«) Luise Gräfin zu Stolberg 1753–1835
Schwester der Brüder Christian und Friedrich Grafen zu Stolberg, Freundin Goethes.

Maria Anna Katharina (Marianne) von Willemer 1784–1860
Arbeitete mit Goethe gemeinsam am »West-östlichen Divan«.

Das Leben wohnt in jedem Sterne:
Er wandelt mit den andern gerne
Die selbsterwählte reine Bahn;
Im innern Erdenball pulsiren
Die Kräfte, die zur Nacht uns führen
Und wieder zu dem Tag heran.

Zahme Xenien. VI